Séjour
à Saint-Pierre-Quiberon

Sébastien Coudrin

Séjour
à Saint-Pierre-Quiberon

Roman

LE LYS BLEU
ÉDITIONS

ISBN : 979-10-3777-688-4

Chapitre 1
Vacances de douze jours

Bon, les 3 p'tits diables et les équipes.

Encrenoir, Ange-Noir, Kart, les Beau-Gosses et les 6 Diablotins alors suppositoires ou vacances à Saint-Pierre-Quiberon dans le manoir de Marlène et Gabriella par contre. Ils y'a 10 pièces dans lesquelles vous aurez le plaisir de vous balader cul nu, eh oui, il n'y a pas de piscine à l'intérieur dont ça sera dans les douches, eh oui, les 3 p'tits diables vous dormez dans vos lits, eh oui, pas avec nous pas de comédie les équipes Encrenoir, Ange-Noir, Kart.

Vous dormez dans des pièces différentes eh oui, vous pouvez dormir chacun dans 21 lits différents par contre couches obligatoires pour les équipes Ange-Noir, Kart et les équipes les Beau-Gosses et les 6 Diablotins.

Vous par contre vous dormirez dans la même chambre eh oui, vos médicaments sont identiques dont on vous laisse dormir dans la même pièce, eh oui et en plus vous n'avez pas l'obligation de dormir avec des couches mais les suppositoires et prise de température anale sont obligatoire. Ça va, les 3 p'tits diables ne vont pas s'occuper de vos prises de température.

Chapitre 2
Soirée simple

Allez, au lit, les équipes Encrenoir, Ange-Noir, Kart, les Beau-Gosses et les 6 Diablotins.

LES 3 p'tits diables vous par contre vous restez dans la cuisine, on s'occupe des prises de températures anales dont pas de comédie, on vous laisse 10 minutes pas de bagarre et des comédies, attention 3 suppositoires en punition. Sébastien Le Ret, tu viens ? J'ARRIVE Mudoume AYYYY AYYYY AYYYYY.

6 minutes plus tard

LES 3 p'tits diables direction la chambre 11, allez, par contre chacun dans 1 lit allez, eh oui pas de suppositoires ce soir alors tenez-vous tranquilles, les couches par contre obligatoires et y a pas à discuter et vous dormez cette nuit pas de comédie, on vous laisse tranquilles, allez bonne nuit.

Lendemain

ALLEZ debout les 3 mousquetaires eh oui, il est 11 h 50 allez debout, direction la plage du Fozo, oui il fait gris aujourd'hui allez-vous rester en couches pas graves elles sont propres à tout à l'heure les 3 mousquetaires pas de comédie ou de crise de colère GROUHM LES p'tits cons, ils vont avoir 1 belle surprise en rentrant de la plage.

LAISSE Mudoume, il ne leur reste que 11 jours de vacances et puis ce soir, ils vont déguster, oui on est samedi donc tout est permis. NON Sébastien Le Ret mais dis-moi, ça fait combien de temps qu'on a pas mis une fessée sévère à l'équipe Ange-Noir, 3 semaines. ALLONS-Y Équipe Ange-Noir, c'est gentil de nous avoir attendus eh oui, ça fait 3 semaines qu'on ne vous a pas fait de câlins et des rapports INTIMES dont on se rattrape et en plus les 3 p'tits diables sont à la plage du Fozo dont aucune chance qu'ils viennent faire la comédie.

6 heures plus tard

GROUHM les 3 p'tits diables, on vous a déjà dit de ne pas vous téléporter de la plage du Fozo à la maison, franchement il y a 5 minutes qui vous séparent de la maison, allez, venez là, 2 suppositoires pour chacun d'entre vous en punition mais ce sont les Encrenoire qui s'occupent de vos fessées AYYYY AYYYY AYYYYY Maman Maman l'équipe P' TIT

ANGE reste avec vous, ils regardent 1 film sur les enfants et comme ils ont eu leurs médicaments et leurs câlins, ils s'occupent de vous toute la soirée.

Voilà restez tranquilles en tous cas vous êtes très sages en ce moment. Nous avons préparé 1 mauvais cours.

Chapitre 3
Plage du Fozo

Château de sable, ALLEZ les 3 p'tits diables équipes Encrenoir, Kart ET les 6 Diablotins. ON y va, direction la plage pour les châteaux de sable et la bronzette par contre, on reste sur la plage toute la journée dont gardez bien vos costumes de protection eh oui, il fait très chaud par contre vous restez sages sur la plage, il ne vous reste que 24 h de vacances les 3 p'tits diables eh oui, vous retournez bosser dans la société familiale. ET en plus, vous allez retrouver.

LES 4 JUMEAUX MALÉFIQUES et les 2 JUMEAUX BOSSEUX pas oui dont vous allez échapper au rapport INTIME et aux suppositoires pas oui puis que vous serez la nuit avec l'équipe de FUSSION.

Chapitre 4
Retour à la clinique Jeanne le Ret

GROUHM ALORS les 3 p'tits diables, comment ça va en tous cas ça vous a fait du bien, ces p'tites vacances en bord de mer, allez, voici les documents et les consultations qui vous attendent pour la semaine de 5 jours, bonne chance OUF pour l'instant pas de comédie faut espérer que ça dure MOLEQUE en tous cas FUSION pour l'instant, il y a rien à craindre par contre, je me demande comment vont Mudoume Le Ret et Sébastien Le Ret.

ILS viennent de la même époque des 3 p'tits diables contrairement à nous, on ne vient pas de 1789, à cette époque, il y'avait une forte mentalité et les gens de cette époque ne dépassent pas l'âge de 50 ans contrairement à aujourd'hui où on décède entre 65 à 105 ans et la mortalité infantile était très élevée et puis à l'époque, on n'avait pas internet et des frigos.

En tous cas, on a eu de la chance de ne pas être né à cette époque.

Chapitre 5
Plage du Fozo

Allez les équipes Encrenoir, Ange-Noir, Kart, les Beau-Gosses et les 6 Diablotins, direction la plage du Fozo, on vous laisse jouer et faire des châteaux de sable, allez, on y va pas de comédie et de crise de colère pas de rapports INTIMES sur la plage du Fozo. À pied, eh oui, il faut faire un peu de sport dans la semaine.

5 jours plus tard

Les gars, on rentre à 15 h par contre vous rentrez cul nu pas oui il faut qu'on fasse des lessive et puis il faut bien qu'une fois par semaine, vous soyez en pyjama ou cul nu je sais mais là, on est en retard sur pas mal de lessive, pas oui, en vacances, on ne fait pas de lessive sinon ça sert à rien de prendre des vacances, allez, profitez de la plage avant 15 h, Sébastien Le Ret viendra vous récupérer, il faut que je rentre à 14 h 30 histoire de faire pas mal de lessive en avance.

Chapitre 6
Colère noire et examen

GROUHM bon, allez le sac noir en route 1, en route, voyons voir sac de blanc, mon Dieu, c'est chiant de laver le blanc en tout cas, le sac est prêt pour le départ alors le sac 3 couleurs ouff, il est super lourd, plouff en plus avec les couches sales, il est 14 h 30 dont la prochaine machine, elle devrait tourner à 15 h 35 parfait normalement, ça devrait aller alors voyant oula, j'ai pas mal de linge à plier et ranger, bon WOUHA, ils ont lavé toutes les couches lavables et ont reçu les neuves enfin 1 bonne nouvelle BOUM BOUM BOUM PAF PAF PAF AAAAA AAAAAA AAAAAAA.

Non, les 3 p'tits diables alors comment ça, vous êtes en crise pas de chance GHROUM, allez les gars AAAAAA AAAAA AAAAAA PAF PAF PAF PAF PAF PAF équipes Encrenoir Ange-Noir à vous de jouer les 3 autres équipes sont dans la piscine sous la véranda PAF PAF PAF PAF PAF PAF WOUHA PÈRE Maman.

Merde, ils ont pourtant été vidangés hier soir, HUM mais qu'ont-ils mangé. Des frites et des hamburgers. Voilà la raison, c'est tout le gras entre les frites et les hamburgers MAIS ils n'ont pas mangé hier midi, ils étaient à la sieste entre 12 h et 14 h, ils sont infernaux depuis 3 jours mais Maman LK est passée, elle a fait, nous les testons et les examens, Maman Maman Maman.

Allez, respirez les 3 p'tits diables en tous cas, vous êtes pas très en forme allez RESPIRE. VOILÀ les glacières sont pleines en tous cas, vous êtes pas entièrement vidés pardon les 3 p'tits diables mais là y a pas le choix. SEULE l'équipe Encrenoir reste avec nous pardon l'équipe Ange-Noir, vous pouvez aller dans la piscine sur la véranda.

Chapitre 7
4e anus

Maman Maman J'AI MAL AU VENTRE, CHUT t'as encore de la fièvre p'tit diable numéro 2 allez a 4 pattes les 3 p'tits diables aujourd'hui on vous lave vos 4e anus à chacun d'entre vous 3 55 minutes plus tard voilà totalement désinfecté vous allez pouvoir aller dormir par contre. JE vous tranquillité.

Ronfle Ronfle Ronfle

Voilà comme ça on va pouvoir dormir aussi par contre demain ça va être la fête pour les maîtrises Équipe Encrenoir on vous laisse allez récupérer les équipes.

Ange-Noir, Kart, les Beau-Gosses et les 6 Diablotins. OUI PÈRE. Vous mangez avec eux, Mudoume et moi, on va coucher les 3 p'tits diables, à tout à l'heure.

Chapitre 8
Plage du Fozo

ALLEZ c'est l'heure Mudoume on y va non les 3 p'tits diables eu reste au lit pas la peine de les réveiller et de toute façon ils dorment pour 1 moment dont on a la paix pour l'instant.

T'AS raison Sébastien Le Ret par contre on se téléporte GHROUM HUM HUM HUM OUF nous revoilà au taf par contre tout à l'heure ils vont être infernal. Mais non et en plus c'est l'équipe Encrenoir QUI s'occupe d'eux et en plus ils ya l'équipe.

LES 4 JUMEAUX MALÉFIQUES.

4 heures plus tard

ALLEZ debout les 3 p'tits diables, allez dans nos bras, oui aujourd'hui on vous amène, Maman Maman AYYYYYYYY, Maman AYYYYYY.

Allez dans mes bras p'tits diable numéro 2 AYYYYYYYY Maman Maman à la plage du Fozo comme promis, utilise la téléportation GHROUM Maman Maman Maman Maman CHUUUUUUUT.

RESPIRE p'tit diable numéro 2 CHUUUUUUUT RESPIRE Maman Maman Maman Maman.

LK ATTEND MOI GHROUM CHUUUUUUT P'TIT DIABLE.

ALLEZ dans mes bras non LK et pas là tu vois, il y'a grand Encrenoir et moi regard moi Maman Maman Maman.

Merci ANUBIS.

Chapitre 9
Clinique Jeannette Le Ret

3 jours plus tard

GROUHM ALORS les 3 p'tits diables, comment ça va ce début de semaine, en tous cas, vous avez la forme, bon, aujourd'hui vous travaillez avec nous pour les consultations eh oui, il faut examiner des dizaines d'élèves, pas de mauvais coup attention il faut être sérieux toute la semaine en plus début de semaine prochaine, vous allez dormir chez Madeleine Palaud eh oui, elle prépare des costumes pour ces p'tits enfants de numéro 4, ils doivent repartir à la réunion mais il leur faut des costumes.

NON vous ne partez pas pour la réunion ce sont les 9 p'tits diables qui s'occupent de les téléporter pas oui il faut bien les faire travailler 1 peu 1 fois de temps en temps.

12 heures plus tard

GHROUM OUFFF ça devient dur il faut dit qu'on est au mois de juillet et août est en plus que des cons de touristes on a beau faire des campagnes de préventif et d'informer es touriste qu'ils ya pas de moyen médical habilité à recevoir au-dessus de 5000 personnes mais bon comme on est pas écouté et pris pour des cons.

Chapitre 10
Cul-nu

LES 3 p'tits diables, venez la PAF PAF PAF, allez, direction le canapé, on vous a déjà dit pas de balade cul-nu le vendredi matin Maman Maman Maman.

Pas 1 bruit, vous savez ce qui vous attend, pas de mauvais coup, faites bien gaffe à vos fesses.

LES 3 p'tits diables vous allez a la sieste à 12 h 15 et pas de plage cette après-midi vous aurez le droit de jouer avec les enfants de numéro 4 ma 2e fille elle vient avec son mari par contre vous aurez des couches aux fesses par contre je ne vous enlève pas la punition.

MAMIE alors mes chéries comment ça va en tous cas vous êtes encore en avance. Belle-Maman Maman alors comment ça va avec les 3 p'tits diables ils sont pas trop infernal je sais que le vendredi martin ils sont assez violents le vendredi martin.

Belle-Maman, dois-je les envoyer à la sieste pour qu'ils soient en forme pour la plage. NON ils sont punis pas de plage aujourd'hui pour eu ils sont décidés de faire la forte tête les 3 en plus. MAMIE les 3 p'tits diables sont cul-nu sur le canapé ils restent fixes à regarder le mur OUI ils sont punis LES 3 p'tits diables a la sieste tout de suite. En tous cas, ils obéissent.

D'un côté, ils ont des rapports INTIMES comme punition dont ils sont peu pour leurs culs. MON chéri, tu te mets à la cuisine pour préparer tes plats spéciale réunion.

Chapitre 11
Équipe Palaud

LES 9 p'tits diables, vous êtes autorisé à aller à la plage cette après-midi par contre pas de bêtise avec les 3 p'tits diables de l'autre ÉQUIPE et pas de bêtise sinon ce soir vous dormez avec les 3 autres p'tits diables de l'équipe le Ret. MAIS TONTON ci, on les croise ils vont peut-être pas être très content pour tous qui sont chez. Mamie Palaud.

Aucune chance ils sont normalement avec la fille et son mari eh oui, dont vous avec très peu de chance de les rencontrer dont ALLEZ-Y, téléportez-vous sur place, vous pouvez rester à la plage jusqu'à 19 h, allez à tout à l'heure.

Pendant ce temps chez Madeleine Palaud.

LES 3 p'tits diables allez sur le canapé pas de comédie par contre on vous prévient ce soir vous dormez avec vos 9 autres frères dont pas de comédie ou de mauvais coup sur tous que vaut parents sont au courant.

ET en plus vous avez été examiné intime hier soir donc pas de comédie.

L'autre équipe Palaud arrive dans moins de 4 heures et vos parents arrive à 18 h 30 avoir des surprises pour vous j'espère que je peux vous faire confiance et que vous allez vous tenir à carreaux, allez à la douche tous les 3 je vous préviens, vous passez aux examens intimes à 18 h 15 tous les 3 et vous êtes toujours punis de plage. LES enfants vous aussi, allez, direction la douche mais les 3 p'tits diables sont pluvieux que nous ça n'a pas d'importance sur son naturiste.

Chapitre 12
P'tit diable numéro 2

BOOM p'tit diable numéro 2 réveille-toi merde Maman il a quoi il respire plus MERDE LK GROUHM Merde PARTE je m'occupe de lui Mudoume TÉLÉPORTE-MOI GHROUM CLINIQUE JEANNE LE RET GHROUM. IL respire plus SEB LE RET GHROUM il est sous respirateur mais je ne comprends pas, il avait pas de problème sérieux, le scanner est prêt, allons-y en tous cas, il faut vraiment qu'on trouve où est le problème.

15 minutes plus tard

WOUHA en tous cas on va avoir pas mal de mal à réparer toutes ces lésions, on commence l'opération n'a pas le temps d'attendre.

7 jours plus tard

OUF c'est bon, on a enlevé toutes les matières de son corps en tous cas, il est sorti d'affaires mais avez-vous eu des EXAMENS INTIMES avec lui pour qu'il ait autant de lésions.

NON de mon côté.

OUI du mien mais il date de 2 mois.

CE qui nous ramène à mars GHROUM je viens de le renvoyer chez Madeleine Palaud.

Chapitre 13
Avant d'aller au lit

Les enfants sortez de la douche et les 3 p'tits diables avant l'arrivée de vos parents, ça va être simple normalement allez rester tranquilles les 3 p'tits diables.

35 minutes plus tard

ALLEZ sortez de là les 3 p'tits diables, direction la cuisine comme ça vous serez tranquille et au moins vos parents aussi pas de comédie et de crisse de colère ils vont arriver dans moins de 25 minutes.

ALLEZ dans la cuisine et vous resté cul-nu les 3 p'tits diables pas la peine de vous habillé de toute façon vous être cul-nu toute la journée.

LAISSE-NOUS GROUHM bas ou sont-ils partis, les p'tits diables numéro 1 et 3 GHROUM. Alors les p'tits diables numéro 1 et 3, on fait la comédie eh oui, on était justement sur le point de départ ayyyyyyyyy ayyyyyyyy Maman Maman bande de comédiens ce soir vous dormez chez Madeleine Palaud et en plus vous nous avec. Faites votre surprise.

VOILÀ, vous êtes tous les 3 examiné correctement par contre ce soir dodo à 19 h 30 ça vous apprendra a fui avant notre arrivée.

Maman Maman Maman a le 3e qui si meurt, NON vous resté cul-nu et d'ailleurs êtes-vous allé à la plage ces derniers jours Maman Papa Tonton c'est pas la réponse qu'on attendait vous étiez tous les 3 encore punis.

Chapitre 13
Câlins

Maman Maman RONFLE RONFLE et de 2 oula, ils sont lourds, Maman Maman Sébastien Le Ret tu peux le prendre j'arrive pas à le calmer. ALLEZ viens p'tit diable numéro 3 (Maman).

RESPIRE RONFLE RONFLE, voilà il dort jusqu'à 19 h 30 en tous cas ils vont bien dormir ce soir par contre couches pour les 3 et les autres on vous présent p'tit ange 1.2 et 3 ils sont EUNUQUES et MUETS dont ils sont très compliqués à gérer dont on les garde, avez-vous seuils les équipes Ange-Noir, Encrenoir et les 2 JUMEAUX BOSSEUX arrive à les gérer pour l'instant on n'a pas eu le temps de formé les équipes Kart, LES BEAUX GOSSES, les 6 Diablotins Angevin et les 4 JUMEAUX MALÉFIQUES.

RONFLE RONFLE RONFLE

L'avantage des 3 p'tits diables c'est qu'ils s'endorment assez vite avec le nouveau médicalement qui les aide à se détendre mais qui leur provoque des maux de ventre.

OU Sébastien Le Ret, on n'a pas encore trouvé le bon dosage heureusement qu'ils sont 1 ingestion pas mois en tous cas, ils dorment, on va pouvoir dîner.

MALHEUREUSEMENT, on avait espéré qu'ils soient réveillés, on a déjà beaucoup de mal à les garder concentrés sur des choses simples. Ah effectivement, maintenant que vous le dites, on a pas pris la glacière avec les biberons prés remplis, OUFS ALLEZ les 3 dormeurs debout allez.

Maman Maman Maman

Non vous resté sur nos genoux par contre attention pas de comique ou pas de gâteau au chocolat et soyez gentil avec les 3 p'tits anges hein eh oui, on a encore craqué, on voulait des filles mais malheureusement on a eu de p'tits garçons oui ils sont génétiquement modifiés sans aucun problème là-dessus.

Chapitre 14
Retour à Séné

GHROUM allez direction la douche, les 3 p'tits diables et aussi les 3 p'tits anges noirs et ici vous partagez tous y compris la douche, pas de crise de colère et surtout cette après-midi, vous récupérez les dossiers blancs, il faut commencer à les remplir afin de pouvoir évacuer des dossiers dans la salle des archives le plus vite possible, il nous faut de la place rapidement on n'a pas mal de dossiers qui s'en piles eh oui, les p'tits diables quand vous êtes pas là c'est la merde hélas on ne peut plus se passée de vous 3 OUFF.

Ils n'ont même pas remarqué qu'on avait changé tous les draps.

OUI Mudoume ils sont 1 peu dans les nuages aujourd'hui mais remarque, tu les motives et puis on est encore bien débordé, il faut dire que le personnel et inefficace puisque qu'il y a plus de pratiques sur les terrains de formation aujourd'hui, les infirmiers et infirmières ne sont même plus formés à soigner les gens correctement en tous cas c'est le bordel de plus en plus même pour les équipes de nuit actuellement on trouve personne, coup de chance que les équipes.

Kart, LES 4 JUMEAUX MALLÉFISK et Ange-Noirs sont de nuit. MAIS je pense fermer le service de nuit, ils coûtent plus cher aussi ouvert que fermé hors période prioritaire et puis ça ne sert à rien de financer un service qui tourne à vide tout à fait d'accord.

Chapitre 15
Fermeture du service de nuit

BONJOUR MESSIEURS alors voilà on a décidé de fermé le service de nuit actuellement dans ce service ils ya que 3 patients donc pas la peine de les surveiller toute la nuit certain sont sous calment et d'autres sont là pour éviter de dormir sous les ponts pour l'instant on ferme le service ce vendredi à 9 h et pour les équipes qui y ont travaillé vous repassé le jour eh oui, on n'a aucun intérêt à avoir 1 équipe de nuit pour 3 patients et puis le jour il y a plus de choses à faire de toute façon, on pense que vous l'avez contacté, il manque environ 12 personnes actuellement dans le service dont forcément, on est obligé d'embaucher des intérims payés 3 fois plus donc forcément ce ne pas intéressant pour l'établissement. ALLEZ retourner au travail et pour les équipes de nuit vous avez 129 h a rattrapé dont pas de bousculade et de colère il faut que vous preniez votre temps pour réfléchir.

11 heures plus tard

OUFF quelle journée de merde en plus ça recommence demain et dire que l'équipe de grand numéro 4 la 1re a ouvert 1 cabinet dentaire franchement je les plains avec tous les cons qu'on prend en charge et qu'ils récupèrent en tous, ils doivent être en galère de de toute façon. ALLEZ, les 3 p'tits diables dans la piscine par contre dans la véranda attention, je vous surveille, allez cul-nu dans la piscine pas de comédie et de caprices et d'ailleurs le jour où on trouvera quelqu'un vous serez avec nous dans les bureaux on fatigue de plus en plus vite et comme les partis sont de plus en plus cons et agressif on je dois répondre poliment.

Chapitre 16
Plage du Fozo

GHROUM OUFF enfin en week-end sur la plage du Fozo j'espère que les GHROUM, PÈRE tu as oublié les serviettes, je te les ai ramenés, les autres font GHROUM WOUHA avec tout le matériel, pourquoi pas en tous cas vous êtes prêts pour aller jouer dans l'eau, ça se voit et en plus avec de nouveaux maillots de plage, la classe, ils sont hauts en couleur par contre le sable est un peu chaud 2 ans plus tard.

Chapitre 17
Vacances de paque

Maman Maman.

HEIN J'ai mal au ventre, ALLEZ sur mes genoux, hum tu es gonflé, allez rendors-toi, je suis sûre que tes 2 frères vont avoir les mêmes symptômes dans pas longtemps.

9 minutes plus tard

Il fait chaud, ah d'accord, ils sont brûlants tant pis Mudoume et Sébastien Le Ret vont être de mauvaise humeur CLIC. Voilà les balises sont GHROUM. En tous cas, ils sont rapides, j'espère qu'ils vont trouver le problème.

Chapitre 18
Arrivé dès 9 p'tits diables

BONJOUR Marlène, ils sont GHROUM OK on se retrouve avec 9 p'tits diables. OUI, les 3 de cette nuit sont malades, ne me dites pas ce qu'ils ont, je ne sais pas du tout, ils ont été téléportés à 4 h 15 ce martin en tous cas leurs parents sont efficaces et rapides par contre les p'tits cons, ils se sont vidés dans le lit avant de partir, j'ai envoyé les photos à LK, elle m'a précisé qu'ils viennent de rentrer dans la période où ils transpirent énormément et où ils sont très souvent en désinfection bref, on ne va pas les revoir de sitôt Gabriella.

Les 9 p'tits diables ici présents ont fini leur période de transpiration cet après-midi, je les emmène à la plage. BONNE idée et d'ailleurs il repart la semaine prochaine dans l'équipe de SAMOURAÏS.

Chapitre 19
Crise colérique

NON Maman NON, allez dans nos bras, les 3 p'tits diables voilà, calmez-vous eh oui, aujourd'hui, vous restez avec l'équipe Encrenoir MOI et Mudoume, on va s'occuper de la clinique et de l'usine et vous, restez ici avec toute l'équipe Encrenoir y compris cette nuit, on a vos résultats d'analyse et vous avez une infection banale dont vous restez avec l'équipe Encrenoir, rassurez-vous, ils n'ont pas l'autorisation de vous coller contre les murs ou de vous mettre des fessées déculottées, par contre les examens INTIMES restent eux autorisés, il faut pas abuser. ALLEZ, à tout à l'heure pas de violente fessée.

GROUHM ALLEZ les 3 p'tits diables, debout aujourd'hui vous ne restez pas au lit toute la journée, on vous prévient, hier vous êtes restés au lit jusqu'à 14 heures aujourd'hui direction la plage, allez, on y va, par contre, pas de chocolat chaud et steak frit n'y comptez pas. LES jumeaux Encrenoir, ils n'ont plus besoin de couches. Ah oui c'est vrai mais ils ont besoin de bouée et de rechange. AVANT maillot de plage et on y va. ATTENTION les 3 p'tits diables, du numéro 1 au 3 maillot de plage ou 2 suppositoires pour adultes et ce soir après être rentrée de la plage, vous passez tous les 3 à la douche et Seb Le Ret vient vous faire vos examens intimes. GRAND FRÈRE OUI p'tit diable 2 comment fais-tu pour les gérer, ils t'écoutent sans te contredire et en plus, ils restent fixes avec nous 2 c'est beaucoup plus compliqué, on a même du mal à les gérer. BONNE question en tous cas en ce moment, ils sont faciles mais il y a des périodes beaucoup plus difficiles. Ah vous voilà, prêts pour la plage, allons-y en tous cas, c'est bizarre, je suis sûr que ce soir, ils vont nous faire 1 ou 3 mauvais coups, on les connaît par cœur.

Imprimé en Allemagne
Achevé d'imprimer en novembre 2022
Dépôt légal : novembre 2022

Pour

Le Lys Bleu Éditions
40, rue du Louvre
75001 Paris

LE LYS BLEU
ÉDITIONS

www.ingramcontent.com/pod-product-compliance
Lightning Source LLC
LaVergne TN
LVHW052104160826
845678LV00015B/3363